Geraldine Durrant

La abuela pirata y los monstruos

ilustrado por Rose Forshall

ELFOS

La abuela es muy valiente.

—Cuando era joven, era la única pirata a bordo de *El Pulpo Negro* que era capaz de irse a la cama con las luces apagadas. No era nada miedica —asegura la abuela.

Y es que todos los viejos camaradas
de la abuela tienen miedo a ALGO.

El contramaestre no
soporta los estruendos
y se tapa los oídos cada vez
que disparan los cañones.
Así, como anda siempre
con las manos para arriba
y abajo, le llaman
«Manos Largas».

Navaja Afilada llora
en la cofa porque tiene
pánico a las alturas.

Y cuando hay
tormenta, Corazón
de Piedra se acurruca
en su lecho y se
chupa el dedo.

Hasta el cocodrilo de la abuela teme que los cangrejos le mordisqueen los dedos de los pies...

... cuando se mete en la bañera.

Pero si hay algo a lo que temen los piratas
es a los monstruos.

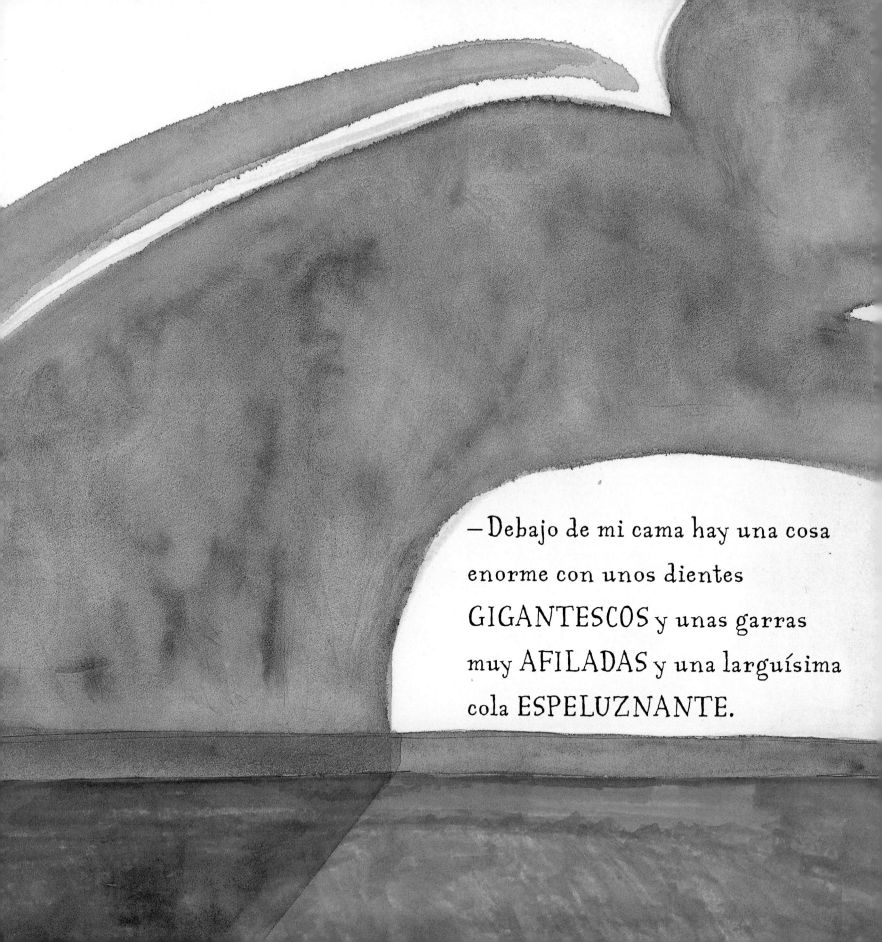

—Debajo de mi cama hay una cosa enorme con unos dientes GIGANTESCOS y unas garras muy AFILADAS y una larguísima cola ESPELUZNANTE.

—¡Qué suerte! ¡Tú solo tienes
a tu cocodrilo debajo de la cama!
—le soltó Manos Largas a la abuela
una noche en que se refugiaron
en su habitación.

La abuela empuñó su alfanje
y echó un vistazo.

—¡Paparruchas! —exclamó
la abuela riendo—.
No es más que un pobre ratón.

Un día Corazón de Piedra jugaba al escondite y se metió en un oscuro armario. De pronto, descubrió a un peludo gorila detrás de él.

—¿Cómo que un gorila? —dijo sorprendida la abuela.

—¡Es mi abrigo de piel!

Ese mismo día, en la cocina, Navaja Afilada dio un respingo
y se encaramó a la silla para huir de una araña gigante.
—Es verde y tiene unas largas patas escalofriantes
—aseguró al abuelo.

—¡Anda ya! Es solo
el rabillo de un tomate
—comprobó la abuela.

Otro día los piratas vieron
una larga y verde serpiente
siseando en el jardín.
¡Estaban HORRORIZADOS!

—Estaba toda enroscada,
como si quisiera atacarnos
—le explicaron a la abuela.

La abuela les dio unas
palmaditas en la espalda
y luego un abrazo.

—No es una serpiente
—les dijo—. Es el abuelo,
que riega las flores.

Ahora bien, el día en que le fueron con el cuento de que oían ruidos en el salón y creían que había un monstruo, la abuela se puso FURIOSA.

—No son los rugidos de un dinosaurio —les recalcó—,
sino los RONQUIDOS del abuelo.

La abuela dice que es bueno hacer volar la imaginación,
pero solo si escribes cuentos.

—A unos piratas de vuestra calaña les debería dar vergüenza pensar todas estas estupideces —les soltó.

Desde entonces, los piratas
no huyen cuando les parece
ver algún monstruo.

No se esconden. Ni lloran.

Simplemente le gritan «¡BUUUU!» para que se vaya.

Luego la abuela les prepara una taza
de chocolate caliente y les acuesta
con los ositos de peluche.

Para Patrick, el capitán de mi barco, mis compañeras de tripulación
Eleanor y Alice, y Sebastian, el grumete. G. D.

El primer título en esta colección, La abuela pirata, fue premiado en un
concurso de narrativa organizado por la BBC de Londres, cuyo propósito es
ayudar a los adultos a que adquieran confianza en la lectura y escritura
explicándoles cuentos a sus hijos.

2012 Primera edición en lengua castellana
Título original: *Pirate Gran and the Monsters*
Traducción: Lluïsa Moreno Llort
Coordinación de la edición en lengua castellana: Rita Schnitzer
© 2012 Ediciones Elfos, S.L. para la edición castellana
Alberes 34, 08017 Barcelona, Tel. 934 069 479
elfos-ed@teleline.es   www.edicioneselfos.com
© 2012 texto: Geraldine Durrant
© 2012 ilustraciones: Rose Forshall
Primero publicado en 2012 por National Maritime Museum,
Greenwich, Londres
Impreso en China, 2012
ISBN: 978-84-8423-387-9